À Yaya

Loi numéro 49 956 du 16 juillet 1949 sur les publications
destinées à la jeunesse : septembre 1996
Dépôt légal : février 1999
Imprimé en France par Aubin Imprimeur à Poitiers

Gérald Stehr

Foufours déménage

Illustrations de Frédéric Stehr

l'école des loisirs

11, rue de Sèvres, Paris 6e

Plic, ploc… plic, ploc…
Le museau de Foufours est tout mouillé.
Plic, ploc… plic, ploc…
« Ça chatouille », dit Foufours, réveillé
par des gouttes d'eau qui tombent du toit.

Plic, ploc, glif, plouf, plaf… Ça coule de plus belle,
ça tombe de partout : le toit est plein de trous.
« Ça fait de la jolie musique », se dit Foufours.
« Voilà une journée qui commence bien.
Mais je crois qu'il est temps de réparer le toit. »

Foufours sort sous la pluie
chercher de la paille
pour boucher
les trous de la toiture.
Il pleut tellement
qu'il ne voit presque plus rien.

Glouton, en voyant sortir Foufours sous la pluie,
se dit : « Je vais lui faire une bonne farce. »
Il a la tête de quelqu'un qui va faire un mauvais coup.
Il ramasse des branches qui traînaient çà et là
et il camoufle la maison de Foufours.

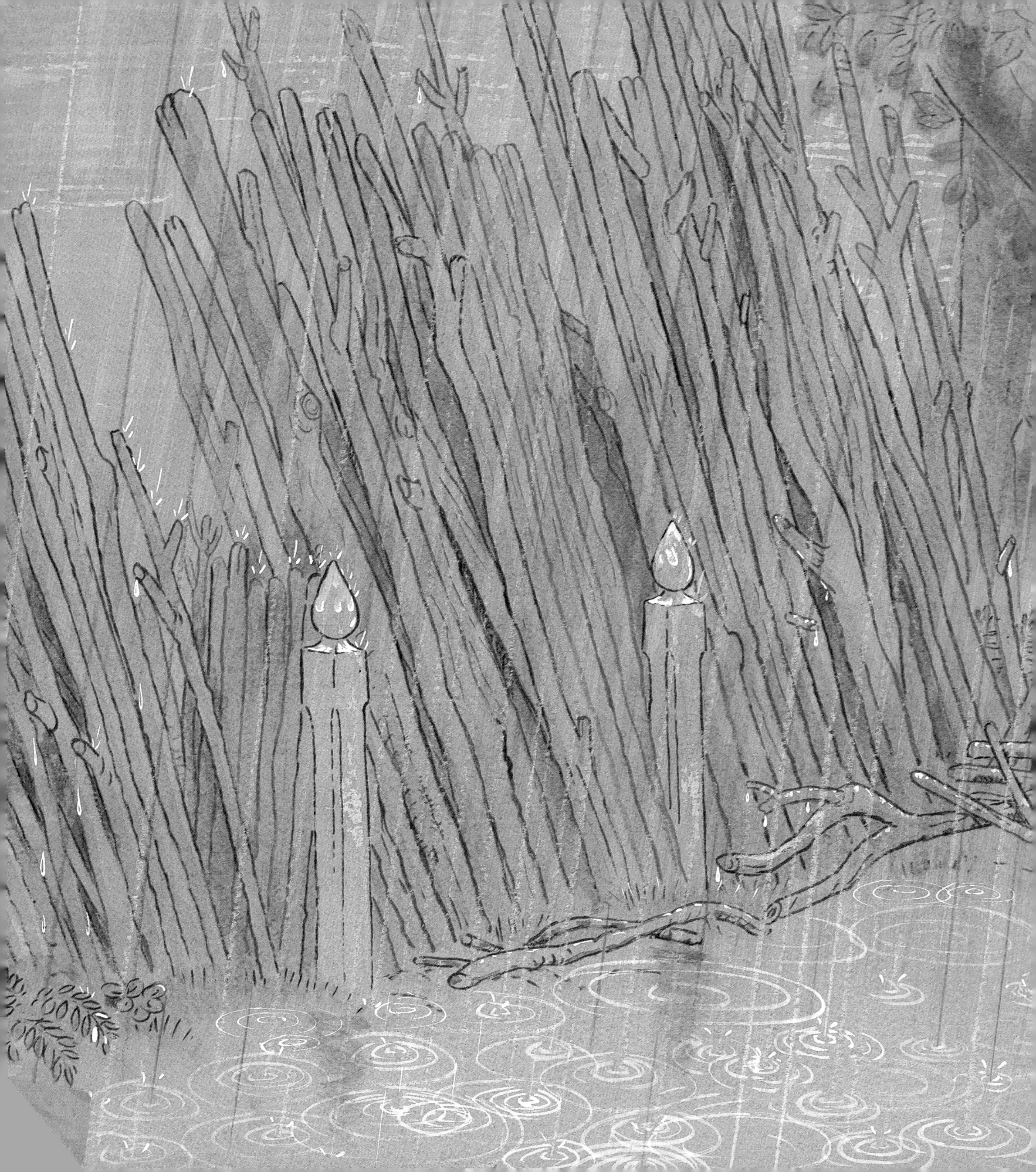

Foufours a trouvé un peu de paille, il revient chez lui.
Il pleut si fort qu'on ne voit pas grand-chose,
et il ne trouve plus sa maison.
Foufours, apercevant Glouton, se dit qu'il est peut-être
moins perdu que lui. « Sais-tu où se trouve ma maison ? »
Glouton a du culot : « Ta maison est au fond de l'eau,
elle a été emportée par la rivière. »
Foufours se dirige vers la rivière.
« Ça alors, ma maison est au fond de l'eau ! »

Glouton rigole de la farce qu'il vient de faire à Foufours.
« Quand la pluie s'arrêtera, il retrouvera facilement sa maison, je vais l'attendre au sec. »

Arrivé au bord de la rivière,
Foufours regarde sous l'eau.
Il n'y voit pas sa maison.
« Que fais-tu dans l'eau,
par un temps pareil ? »
lui demande Grandes-Dents
le chef des castors.
« Je cherche ma maison
qui a été emportée
par la rivière. »

Les castors sont bien embêtés.
« Tout cela est de notre faute », dit Grandes-Dents,
« nous avons fait de gros travaux, pour construire
notre hutte, mais nous allons t'aider à retrouver ta maison. »

Ils construisent un barrage
pour détourner la rivière.
Bientôt son lit est complètement à sec :
mais la maison de Foufours n'y est pas !
« Nous sommes vraiment désolés,
ta maison a dû être entraînée
par le courant. Mais nous allons réparer
le tort que nous avons fait.
Au travail les castors ! »

Ils coupent des arbres, taillent, ajustent et, en un rien de temps,
ces castors robustes construisent une merveilleuse maison neuve.

Foufours a préparé un délicieux festin pour ses amis. Au moment de se mettre à table, on frappe à la porte. C'est Glouton, tout mouillé, dégoulinant. « Que t'arrive-t-il ? » demande Foufours au malheureux Glouton.
« Eh bien, je ne comprends pas, j'étais dans ta maison à t'attendre.

J'ai entendu frapper
à la porte et j'ai ouvert.
C'était la rivière.
Elle est entrée
et a tout emporté !
J'ai pu me sauver mais
maintenant je suis dehors
et tout mouillé… »

Foufours sourit, car il a compris.
« Regarde ! Mes amis castors m'ont construit une nouvelle maison, elle est grande et confortable. Sèche-toi et reste dîner avec nous. »